大貓熊文豪班 1

跟李白熊學「詩詞」

冬漫社 著・繪

野人

Graphic Times 55

編　者　冬漫社
繪　者　冬漫社

野人文化股份有限公司
社　　長　張瑩瑩
總 編 輯　蔡麗真
副 主 編　徐子涵
專業校對　魏秋綱
行銷經理　林麗紅
行銷企畫　蔡逸萱、李映柔
封面設計　周家瑤
內頁排版　洪素貞

出　版　野人文化股份有限公司（讀書共和國集團）
發　行　遠足文化事業股份有限公司
　　　　地址：231 新北市新店區民權路 108-2 號 9 樓
　　　　電話：（02）2218-1417　傳真：（02）8667-1065
　　　　電子信箱：service@bookrep.com.tw
　　　　網址：www.bookrep.com.tw
　　　　郵撥帳號：19504465 遠足文化事業股份有限公司
　　　　客服專線：0800-221-029
法律顧問　華洋法律事務所　蘇文生律師
印　製　凱林彩印股份有限公司
初版首刷　2023 年 03 月
初版 2 刷　2024 年 07 月

國家圖書館出版品預行編目（CIP）資料

大貓熊文豪班 . 1, 跟李白熊學（詩詞）/ 冬
漫社編 . 繪 . -- 初版 . -- 新北市 : 野人文化
股份有限公司出版 : 遠足文化事業股份有
限公司發行 , 2023.03
　　面；　公分 . -- (Graphic times ; 50)
ISBN 978-986-384-844-8(平裝)

1.CST: 詩詞 2.CST: 漫畫

831.999　　　　　　　　　112001499

大貓熊文豪班 (1)

野人文化
官方網頁

野人文化
讀者回函

線上讀者回函專用
QR CODE，你的寶
貴意見，將是我們
進步的最大動力。

跟 李白熊 學〔詩詞〕

大貓熊 1 文豪班

熊貓小知識：
熊貓是熊科動物，學名爲「大貓熊」，
但因爲熊貓已經成爲大眾約定俗成的
暱稱，因此本書仍使用「熊貓」來稱呼。

前 言

　　在久遠的傳說中，存在著這樣一個平行世界。它有著上下五千年的歷史，有著百家爭鳴的文化底蘊，有著自強不息的民族精神……那裡的百姓都是熊貓，他們的故事，源遠流長，餘韻不息。其中一些傑出的熊貓，在漫長的歷史中脫穎而出，成了千古傳頌的大文豪。

　　當我們打開這本書，進入熊貓世界，我們會跟著這些熊貓文豪一起生活，看看他們所處的時代，看看他們如何與命運鬥爭，也看看他們是在何種機緣之下，達成了萬眾矚目的成就。

　　通過閱讀這些故事，我們會學到這些文豪的代表作品，也會掌握一些學習詩詞古文的訣竅。大家可以偷偷把這些竅門應用到語文學習中，讓自己輕鬆愉快地突破壁壘，獲得更好的成績。還可以拓展知識領域和眼界，用更豐富多彩的視角看待我們生活的世界。

　　接下來，就讓我們認識一下這些萌萌的熊貓文豪吧！

《大貓熊文豪班》的故事總共有六冊，本冊為詩詞篇，將有六位文豪班班級股長和大家見面。

　　豪放不羈的地理課小老師李白，才華如江河一般奔流不息，他帶來了〈望廬山瀑布〉等浪漫主義詩歌讓我們欣賞。

　　溫和沉穩服務股長杜甫，一生憂國憂民，〈石壕吏〉等現實主義詩歌成了千古絕唱。

　　積極樂觀的輔導股長白居易，他的〈琵琶行〉〈長恨歌〉等詩，至今仍是長篇敘事詩中的經典。

　　風趣幽默的學藝股長蘇軾，既是超級學霸，也是豪放派的大詞人，他會帶著我們學習宋詞的精要。

　　溫柔大方的康樂股長李清照，一生命運坎坷，卻寫出了〈如夢令〉等婉約詞讓我們欣賞。

　　耿直剛正的體育股長辛棄疾，是文豪中少有的正牌武將，我們可以跟著他感受〈破陣子〉等豪放詞中的英雄氣概。

　　下面，就讓我們一起走進熊貓世界，和這些萌萌的熊貓文豪一起玩耍吧。

文豪班級幹部競選會

來聽聽文豪們自信滿滿的班級幹部競選宣言吧！

助考指數：★★★★

邊旅遊邊寫詩，遊歷了大半個中國，我當地理課小老師誰不服？

李白

助考指數：★★★

我非常愛操心，也願意關心同學們的生活，一定能打理好班級生活，我當服務股長不怕苦不怕累！

杜甫

助考指數：★★★★★

我擅長自我調節，也很會開解同學，如果大家選我當輔導股長，我一定盡心盡力！

白居易

助考指數：★★★★★

蘇軾

詩詞、書畫、建築、水利、醫藥、美食我樣樣是強項，學藝股長，捨我其誰？

助考指數：★★★★★

寫婉約詞是我的強項，划船、盪秋千和打雙陸*我都喜歡，由我來當康樂股長一定沒錯！

李清照

助考指數：★★★★★

我上馬能建功，下馬能寫詞，身體強壯有氣魄，讓我當體育股長再合適不過！

辛棄疾

* 中國古代桌遊，現已失傳。

目 錄

逍遙自在的詩仙
009
李白

憂國憂民的詩聖
041
杜甫

人氣爆表的詩魔
073
白居易

北宋全能文豪
099
蘇軾

詞壇第一才女
131
李清照

南宋硬派詞人
161
辛棄疾

逍遙自在的詩仙
正是在下！

李白

（701－762）

字太白，號青蓮居士，被後世稱
為「詩仙」。唐代天才詩人，生
性豪邁風流、天真自由，代表作
不計其數，廣為流傳，收穫無數
粉絲。儘管詩名遠揚，運氣卻差
得出奇，他這輩子最想做的事，
一件都沒做成。如果人生可以重
來，他會選擇居廟堂之高，還是
處江湖之遠？是立志成仙還是成
仁？

經歷了漫長的分裂時期，華夏世界終於再次迎來了大一統。
很快，繁榮的盛唐時代來臨了。

唐朝（618—907），中國歷史上繼隋朝之後的大一統王朝，定都長安（今陝西西安），是當時世界上最強盛的國家之一。

歡迎來到大唐。

在這個鼎盛的時代，誕生了天才李白。

據說李白出生於西域的碎葉城，五歲時，全家搬到了四川。
十五歲時，他已經寫出多首詩賦作品，在當地小有名氣。

 唐朝巴蜀旅游

18分鐘前轉發

山，是雄壯的；李白，是天才的。

@李白：死讀書不如旅遊。

五歲誦六甲，十歲觀百家。

——李白〈上安州裴長史書〉

大約十八歲時，李白拜師名士趙蕤（ㄖㄨㄟˊ），
學習劍術和縱橫術，並立下家國天下的大志。

李白 · 011

據說李白出身商賈家庭，不能參加科舉考試，
想要做官，只能尋求舉薦。

工商之家不得預於士。
——〈唐六典〉

解讀

唐朝規定工商業者不得參與科舉考試，李白是商賈子弟，所以無法通過科舉做官。

科舉之路

禁止通行

舉薦之路

於是，李白開始遊歷巴蜀。
大約二十歲時，他先後拜謁地方長官蘇頲（ㄊㄧㄥˇ）、李邕（ㄩㄥ）。
蘇頲很賞識李白的才華，李邕卻認為李白恃才傲物。

蘇宅

李宅

蘇頲

你很有才華，
我會告訴陛下的。

不過是個毛頭小子，
竟敢如此狂妄！

李白憤然留下一首〈上李邕〉，
揮一揮衣袖離開了。

解讀

李白通過大鵬乘風而起的典故告訴李邕：當年的孔子還曾經說過「後生可畏」，你不應該輕視我們這些年輕人！

此地不留熊，
自有留熊處！

大鵬一日同風起，扶搖直上九萬里。假令風歇時下來，猶能簸卻滄溟水。時人見我恆殊調，聞余大言皆冷笑。宣父猶能畏後生，丈夫未可輕年少。

——李白〈上李邕〉

二十四歲時，李白離開家鄉，開始漫遊全國，
一路結交好友無數，寫下詩篇無數……

峨（ㄜˊ）眉山月半輪秋，
影入平羌（ㄑㄧㄤ）江水流。

詩句出自李白的〈峨眉山月歌〉，大意是：半輪秋月高高懸掛在峨眉山前，青衣江澄澈的水面倒映著月影。

在以後的熊生中，李白還會收穫很多崇拜者。幾十年後，
有個叫魏萬的鐵粉，為見他一面，一路追了三千里。

離家不到一年，李白散金三十萬。
他窮遊到揚州一帶，遇到孟浩然，兩熊從此結下深厚友誼。

孟浩然還順手幫大齡單身男青年李白
解決了婚姻問題。

夫人，我來了！

我是宰相的孫女，你可不能欺負我。

孟浩然（689—740），字浩然，號孟山人，襄州襄陽（今屬湖北）人，唐代著名的山水田園派詩人，世稱「孟襄陽」。

李白的妻子許氏，是前宰相許圉師的孫女。

婚後，李白沒有忘記自己的理想，
掏心掏肺寫下求職信〈上安州李長史書〉，但被拒絕了。

為什麼受傷的總是我……

但李白不死心，一路遊歷到長安，
結果吃了宰相的閉門羹（《ㄥ）。

經歷一連串的求職失敗，李白變得頹（ㄊㄨㄟˊ）廢了，
整天和不良少年廝混在一起。

李白在〈白馬篇〉中寫道：「鬥雞事萬乘，軒蓋一何高。弓摧南山虎，手接太行猱。酒後競風采，三杯弄寶刀。殺人如剪草，劇孟同遊遨。」詩句描寫的正是李白在長安時苦悶的生活，但他依然沒有放棄爲國建功立業的理想。

心灰意冷的李白有了隱居的念頭，但又難以捨棄自己的理想。
於是，他一面求仙問道，一面廣泛結交名士，
企圖獲得唐玄宗的賞識。

不久，李白結識了年長他四十多歲的賀知章，
彼此趣味相投，結成忘年之交。

賀知章（659—744），字季真，晚年自號「四明狂客」，越州永興（浙江杭州市蕭山區）人，唐代詩人。

你是……神仙下凡嗎？

瞎說……什麼大實話。

四明有狂客，風流賀季真。長安一相見，呼我謫仙人。
——李白〈對酒憶賀監〉（其一）

在忘年交賀知章、好友元丹丘和玉真公主的聯合推薦下，
四十一歲的李白終於得到唐玄宗的賞識！

接到皇帝的徵召，李白高高興興去了長安。

李白受到唐玄宗的隆重迎接，
這種頂級禮遇是其他詩熊都沒得到過的。

解讀

唐玄宗親自下車迎接李白，如同見到了古代的賢人一樣。他賞賜李白用華貴的食桌進食，還親自為李白調羹湯。

降輦步迎，如見綺、皓。以七寶床賜食，御手調羹以飯之。

——李陽冰〈草堂集序〉

恍惚間，李白看見夢想的大門向他敞開，
天下等著他一展拳腳，豐功偉績等著他去建立。

現實卻狠狠給了他一記耳光。

李白想成就一番事業，
皇帝卻只想用他的筆桿子潤色一下自己的功業。

他奉皇帝的命令，
寫出了被全國上下反覆演唱的〈清平調〉三首。

但這種風光並不是李白想要的，
他很鬱悶，開始醉酒蹺班。

後來唐玄宗聽信朝中權貴的讒（彳ㄢˊ）言，
給了李白一筆錢，讓他到江湖上逍遙去。

安能摧眉折腰事權貴，使我不得開心顏！
——李白〈夢遊天姥吟留別〉

走就走。

世界那麼大，
你還沒走完，
這些錢給你當路費。

李白嘴上乾脆，心裡苦悶，他離開待了還不到兩年的長安，
並連寫三首〈行路難〉，表達自己政治失意的強烈憤慨（ㄎㄞˇ）。

〈行路難〉是李白創作的三首七言古詩，抒寫了詩人在政治道路上遭遇挫折後的感慨，表現了李白對人生前途樂觀豪邁的氣概，充滿了積極浪漫主義的情調。

心情就像雲霄飛車。

啊啊啊啊——

酒

四十三歲時，李白來到洛陽，
在這裡上演了一場日月同輝的相遇，他和杜甫見面了！

兩位大唐最偉大的詩熊一見如故，
攜（ㄒㄧ）手同遊，他們還遇見了同樣浪跡天涯的高適。

第二年，李白和杜甫分開，
儘管此後他們再也沒有見過面，
但依然寫詩互訴衷腸。

李白寫給杜甫的詩，流傳下來的有〈魯郡東石門送杜二甫〉、〈沙丘城下寄杜甫〉和〈戲贈杜甫〉。杜甫寫給李白的詩較多，如〈贈李白〉、〈冬日有懷李白〉、〈春日憶李白〉、〈夢李白二首〉以及〈天末懷李白〉等。

> 老弟，
> 我想你了。

> 大哥，我也想你了。
> 我冬天想你，春天也想你，
> 在天的盡頭想你，
> 連夢裡都是你……

不久，李白正式當了道士，開啟了新一輪全國旅遊。
後來安史之亂爆發，李白就在廬山避亂隱居。

> 瀑布還是那個瀑布，
> 我已經不是那個我了。

永王起兵平叛，派使者三顧廬山，
一心想為國效力的李白成了永王的幕僚。

終於能幹點兒正事了！

唐玄宗末年至唐代宗初年（755—763），唐朝將領安祿山和史思明發動叛亂，史稱「安史之亂」，這是唐朝從盛到衰的轉捩點。

此時，李白還不知道太子已經稱帝，並宣稱永王軍是叛軍。
當永王兵敗被殺時，李白才知道自己站錯了隊。

皇帝早就換了。

什麼情況，陛下不是讓永王駐守江陵嗎？

李白犯事的地方正是好友高適的地盤，
李白向他求救，卻沒有回音。

安史之亂時期，李白和高適的政治立場不同，李白在永王李璘麾下，而高適追隨唐肅宗，兩人分屬敵對陣營，他們的友誼也成了皇權鬥爭的犧牲品。

你誰啊？

兄弟，
是我啊！

反而是昔日好友的兒子宋若思，
冒著巨大的風險，幫助李白出獄，還讓他擔任自己的幕僚。

宋若思是李白好友宋之悌的兒子，詩人宋之問的侄子，當時他是審理李白案件的負責人。

多謝！患難見真情，
還是你們家可靠。

叔叔，當年你幫過我爹，
現在輪到我幫你了。

宋若思

唐肅宗收復了長安和洛陽後，開始對內清算。
李白未能倖免，被判流放夜郎（今貴州桐梓（ㄗˇ）一帶）。

來我家吃飯，
我喜歡你的詩。

同樣被流放，
這些當官的怎麼只請他？

餓

還是出名好，
到哪裡都有熊請客！

唐肅宗李亨（711—762），唐玄宗李隆基的第三個兒子，安史之亂時，身為太子的李亨自行登基，率軍收復了長安和洛陽。

一年後，關中大旱，唐肅宗大赦天下，
五十九歲的李白重獲自由身。
回程途中，他寫下了著名的〈早發白帝城〉。

朝辭白帝彩雲間，
千里江陵一日還。
兩岸猿聲啼不住，
輕舟已過萬重山。

但李白的生命也即將走到終點。

三年後，他在當塗的族叔家去世，臨終前寫下〈臨路歌〉。

大鵬飛兮振八裔，中天摧兮力不濟。

餘風激兮萬世，遊扶桑兮掛石袂。

後人得之傳此，仲尼亡兮誰為出涕？

——李白〈臨路歌〉

李白以大鵬自比，想當治國安邦的宰相。

一生求索，一生失意，卻至死心懷理想。

他的詩歌，他的浪漫，他的獨立熊格和自由意志，
他的風流不羈（ㄐㄧ）和豪情萬丈，適逢開元盛世，
匯成了大唐氣象！

明月出天山，
蒼茫雲海間。

長安一片月，
萬戶擣（ㄉㄠˇ）衣聲。

當代作家余光中評價李白：
「酒入豪腸，七分釀（ㄋㄧㄤˋ）成了月光，
剩下的三分嘯（ㄒㄧㄠˋ）成劍氣，
繡（ㄒㄧㄡˋ）口一吐，就是半個盛唐。」

人生得意須盡歡，
莫使金樽（ㄗㄨㄣ）空對月。

舉杯邀明月，
對影成三人。

李白的詩歌非常多，每首都是流傳千古的名篇佳作，這裡我們選取其中三首。

望廬山瀑布

日照香爐生紫煙，遙看瀑布掛前川。

飛流直下三千尺，疑是銀河落九天。

譯文：香爐峰在陽光的照射下升起紫色的雲霧，遠遠望去，瀑布像白色絹綢一樣懸掛在山前。高崖上飛騰直落的瀑布好像有幾千尺，恍惚間，讓人以為是銀河從天上落到人間。

黃鶴樓送孟浩然之廣陵

故人西辭黃鶴樓，煙花三月下揚州。

孤帆遠影碧空盡，唯見長江天際流。

譯文： 友人（指孟浩然）作別黃鶴樓，在柳絮如煙、繁花似錦的三月前往揚州。帆影漸漸消失在水天相交之處，只看見滾滾長江向天邊奔流。

春夜洛城聞笛

誰家玉笛暗飛聲，散入春風滿洛城。
此夜曲中聞折柳，何人不起故園情。

譯文：是誰家的庭院，飛出幽隱的玉笛聲？融入春風，飄滿洛陽古城。客居他鄉的夜晚，聽到〈折楊柳〉的樂曲，誰又能不生出懷念故鄉的深情呢？

這笛子吹得讓人想家。

唐詩

　　大家對唐詩一定很熟悉了，它泛指唐朝詩人作的詩，主要分為古體詩和近體詩。古體詩分為五言和七言兩種，五言的意思是一句詩有五個字，七言的意思是一句詩有七個字。近體詩分為絕句和律詩，絕句每首四句詩，律詩通常每首八句詩，絕句和律詩也有五言和七言之分。比如李白的〈靜夜思〉這首詩，「床前明月光，疑是地上霜。舉頭望明月，低頭思故鄉。」一共四句，每句五個字，就是典型的五言絕句。

故鄉不知道怎麼樣了啊？

〈上陽台帖〉

〈上陽台帖〉是李白唯一傳世的書法真跡，其內容為李白感念道士司馬承禎所作的四言詩。全帖用草書書寫，用筆縱放自如，雄健流暢，於蒼勁中見挺秀，意態萬千。〈上陽台帖〉是中國國家一級文物，現藏於北京故宮博物院，大家有興趣可以去看看唷。

江油李白紀念館

今天讓我們來到李白的家鄉四川，去江油市的李白紀念館裡一探究竟吧！

這座紀念館於 1962 年才開始修建，同那些上千年歷史的名勝古跡相比，它還是太「年輕」了。但如果你走進紀念館瞧一瞧，你會發現裡面的樓閣亭台都是仿照唐朝的風格而建，別有一番盛唐風采。如果你還不滿足，那麼館中珍藏的李白墨寶拓本會讓你大開眼界，更有大量歷代名家書畫作品等你欣賞。

安陸李白紀念館

　　在湖北省安陸市內同樣也有一座李白紀念館，但這裡既不是李白的故鄉，也沒有李白的墓地，人們為什麼要在這裡修建李白紀念館呢？

　　原來李白曾在安陸定居十年，其間寫下不少膾炙人口的詩篇，於是安陸也被稱為李白的「第二故鄉」，後來人們在此修建了太白樓和太白堂等一系列建築來懷念他。

　　如果你想進一步瞭解李白的生平經歷，這座紀念館就是個不錯的去處！

李白墓

　　李白的足跡遍佈中國的名川大山，最後他的腳步永遠地停在了他族叔李陽冰的家中。

　　今天帶大家遊學打卡的最後一個地方，就是位於安徽省當塗縣太白鎮的李白墓。李白墓經過多年來的不斷擴建，現有太白碑林、太白祠、十詠亭、青蓮書院等景點。相信李白如果在世，也一定會感慨今天這裡翻天覆地的變化吧！

李白
事到如今，我必須澄清一下，楊貴妃沒有給我磨過墨，高力士更沒有給我脫過靴子，都是後人以訛（ㄜˊ）傳訛！

李白很生氣，但沒有後果。

10分鐘前

♡ 杜甫、高適、賀知章、孟浩然、趙蕤、魏萬、元丹丘、岑（ㄘㄣˊ）勳、宋若思、李陽冰、汪倫

賀知章：「鐵杵磨針」的主角也是老弟你呢。

孟浩然：還有人說你是喝醉酒為了撈河裡的月亮淹死的。

杜甫：哥，都怪你名氣太大，背負了太多的傳說。

元丹丘：我在京郊買了個莊園，你什麼時候來住？

汪倫：桃花酒釀好了，歡迎品嘗。

高適：我也必須澄清一下，我沒救你那是沒有辦法，子美可以給我做證。

杜甫回覆高適：我們都是時代巨輪下的塵埃。

李白回覆汪倫：我已經在咽口水了。

李白回覆元丹丘：你怎麼又買莊園了？

元丹丘回覆李白：方便以後來長安住。

李白回覆元丹丘：真富豪。

李白回覆高適：你誰啊？

李白回覆杜甫：別理他，跟哥走。

高適回覆李白：……

杜甫：真是讓人哭笑不得。

我是憂國憂民的詩聖。

杜甫

(712—770)

字子美，自號少陵野老，被後世
稱為「詩聖」。他是心繫蒼生的
現實主義詩人，一生憂慮國事，
悲憫世人。他在世時沒有像李白
等詩人那樣聲名顯赫，卻對後世
的詩歌創作及發展產生了至為深
遠的影響。

「詩聖」杜甫，
生於繁華絢麗的唐朝鼎盛時期。

那一年，唐玄宗李隆基剛剛繼位，
一個嶄新的時代——開元盛世，正準備拉開序幕。

杜甫出身名門望族的旁系，
他的祖父杜審言是初唐時有名的大詩熊。

杜甫七歲開始寫詩，
十四五歲就在文壇小有名氣。

往昔十四五，出遊翰墨場。斯文崔魏徒，
以我似班揚。

——杜甫〈壯遊〉

解讀

我十四五歲的時候，便在文壇揚名，像崔尚和魏啟心這樣有學問的名人，把我比作西漢的大文學家班固和揚雄。

少年杜甫和成年熊貓一起切磋詩文，
後來他還養成了一個伴隨一生的愛好——喝酒！

性豪業嗜酒，嫉惡懷剛腸。
脫略小時輩，結交皆老蒼。

——杜甫〈壯遊〉

解讀

我少年時酒量就很大，豪情萬丈，疾惡如仇，不和小孩子玩，喜歡和成年人交遊。

在唐朝，遊學是熊貓書生增長學識、積累名聲的不二選擇。
杜甫十九歲就開啟遊學生涯，一遊就是好幾年。

年輕的杜甫先到山西，又遊吳越，
眼見大唐盛世之下，處處繁華，胸中燃起無限豪情。

解讀

回想當初開元盛世，小城也有萬戶人家，糧食豐收，官府和百姓的糧倉都裝得滿滿的。

憶昔開元全盛日，小邑猶藏萬家室。稻米流脂粟米白，公私倉廩俱豐實。

——杜甫〈憶昔〉

杜甫堅信自己才學蓋世，
有朝一日一定能身居要職，立下非凡的功業。

解讀

我自以為是一個特別優秀的人，一定會很快身居要職。輔佐君王成為超越堯舜的明君，再現民風淳樸的太平盛世。

自謂頗挺出，立登要路津。致君堯舜上，再使風俗淳。

——杜甫〈奉贈韋左丞丈二十二韻〉

但是，現實給了杜甫當頭一棒，
二十四歲那年，杜甫第一次參加進士考試，卻落榜了。

年輕的杜甫並沒有把落榜當回事，
又開始四處旅遊。

會當凌絕頂，一覽眾山小。

——杜甫〈望岳〉

九年後，杜甫旅行到洛陽，
遇到了早已名滿天下的李白。

李白被唐玄宗賜金放還，失望之餘想尋找精神寄託，
便帶著杜甫這個小弟，一起尋仙問道。

路上，另一位詩熊高適也加入進來，
「尋仙小組」正式成立。

杜甫跟著李白，一路從夏天跑到秋天，卻尋仙不成。
尋仙小組不得不解散了，杜甫臨別還寫詩勸慰李白。

秋來相顧尚飄蓬，未就丹砂愧葛洪。
痛飲狂歌空度日，飛揚跋扈爲誰雄？

——杜甫〈贈李白〉

解讀

這首詩寫於杜甫和李白即將分別時，大意是，秋天兩相顧盼，你我像蓬草一樣紛飛離別，沒有煉成仙丹，愧對成仙的葛洪。你每天飲酒狂歌，白白地消磨時光，狂放不羈，如此逞強又為了誰呢？

多年的遊學經歷讓杜甫有了名氣，
曾給李白吃過閉門羹的名士李邕親自找上門來，非常看好他。

杜甫再次到長安求取功名，
這一次，他堅信自己能成功。

然而，杜甫並不知道，
此時的他和大唐一樣，向著熊生的低谷一路狂奔。

已經步入晚年的唐玄宗沉迷享樂，
朝政大權落在宰相李林甫手中。

李林甫，唐玄宗時期掌權時間最長的宰相。他大權獨握，排斥賢才。成語「口蜜腹劍」最初就是形容李林甫的。

杜甫到長安的第二年，
唐玄宗安排了一次特別的全國選秀，
要挖掘有一技之長的熊才。

這在說什麼？

好像是陛下
要找熊才。

選秀

下一個就元就是你！

這說的不就是我嗎？

然而，李林甫是個嫉妒賢才的奸相，
他怕這些選手受到皇帝重用，
就耍手段讓所有熊貓都落選了。

說的也是。

陛下，有才華的熊貓都當官了，
剩下的都是菜鳥！

我好慘啊！

現實

沒想到吧，
我又回來了。

李林甫為鞏固自己的地位，特意營造出有才華的人全都在朝為官，民間已經沒有賢才的假象，也就是「野無遺賢」，所以參加這次考試的所有人都落選了。

遇到黑箱操作的杜甫這才意識到，
大唐繁華的表象之下隱藏著深刻的危機。
權貴隻手遮天，可以隨意熄滅天下文士的雄心壯志。

困守長安期間，
他看到豪門貴族窮奢（ㄕㄜ）極欲，也看到平民百姓飢寒交迫。

解讀

豪門窮奢極欲，窮人卻在路邊凍餓而死。

朱門酒肉臭，路有凍死骨。
——杜甫〈自京赴奉先縣詠懷五百字〉

杜甫不再一心歌頌盛世，
開始用詩歌記錄百姓的困苦生活。

車轔轔，
馬蕭蕭，
行人弓箭
各在腰。
爺娘妻子
走相送，
塵埃不見
咸陽橋。
牽衣頓足
攔道哭，
哭聲直上
干雲霄。

嗚嗚，我不想去打仗！

戰場上要注意安全！

詩句節選自〈兵車行〉，這首詩寫於杜甫困守長安期間，表達了詩人對朝廷勞師遠征讓百姓遭受苦難的同情。

在長安碌碌無為多年之後，
杜甫獲得一個小官職，總算有了正式工作。

先做做看吧。

這個倉庫以後就歸你管了。

總算有份工作……

然而，沒等杜甫安定下來，盛唐已經撐不住了，
曾經被李林甫重用的安祿山造反了！

唐玄宗在李林甫的影響下，重用安祿山等人，使得他們擁兵自重。李林甫死後，安祿山和楊貴妃的哥哥楊國忠不和，便藉口討伐楊國忠，起兵造反，使唐朝由盛轉衰的「安史之亂」爆發了。

打到長安去，捉拿楊國忠！

天下大亂，
杜甫不得不帶著妻兒逃離長安。

爸爸，
我們為什麼要逃啊？

因為打仗了，
要去安全的地方。

別哭了，
到安全的地方就好了。

這次劫（ㄐㄧㄝˊ）難，是杜甫熊生的轉捩點，
他從同情百姓的文士，變成了千千萬萬苦難百姓中的一員。

堅持一下，
前面就能買到吃的了……

爸爸，我餓！

我實在
走不動了……

憶昔避賊初，北走經險艱。
夜深彭衙道，月照白水山。
　　——杜甫〈彭衙行〉

聽說太子登基，一心報國的杜甫馬上前往投奔。
結果路上不幸被叛軍俘虜（ㄌㄨˇ），帶回長安關押。

先關起來！

放開我，我要去輔佐皇帝，平定天下。

少廢話！

昔日繁華的長安變成一片廢墟（ㄒㄩ），
杜甫悲痛欲絕。

一年後，杜甫冒險逃出長安，投奔新皇帝唐肅宗。
但是沒多久，他就因為替宰相房琯（ㄍㄨㄢˇ）說話，被貶華州。

路上，杜甫看到官吏橫徵（业ㄥ）暴斂（ㄌㄧㄢˇ），百姓苦不堪言，
就把百姓的遭遇寫成了「三吏（ㄌㄧˋ）」和「三別」。

一定要記錄下百姓的苦難！

「三吏」和「三別」是杜甫的代表作，記錄了徵兵給百姓帶來的苦難。「三吏」是〈新安吏〉、〈石壕吏〉和〈潼關吏〉，「三別」是〈新婚別〉、〈垂老別〉與〈無家別〉。

面對黑暗的現實，杜甫乾脆辭官了。他幾經輾轉來到成都，
在朋友嚴武的幫助下建了一座草堂。

今天天氣不錯。

是啊，難得可以安穩下來。

老妻畫紙為棋局，稚子敲針作釣鉤。
但有故人供祿米，微軀此外更何求？
——杜甫〈江村〉

解讀
我現在生活穩定，有朋友照顧，重新獲得了天倫之樂，已經沒有什麼別的要求了。

在成都的幾年，
是杜甫難得的快樂時光。

舍南舍北皆春水，但見群鷗日日來。
花徑不曾緣客掃，蓬門今始為君開。
——杜甫〈客至〉

解讀

草堂的南北漲起了春水，只見鷗群天天飛來。還不曾為客人打掃過小路，柴門今天也為您打開。

生活雖然清貧，
但他仍然憂國憂民。

詩句出自〈茅屋為秋風所破歌〉，這是杜甫在草堂居住時的詩作，也是他生活的寫照。

朋友嚴武去世後，杜甫不得不再次搬家。
他沿著長江而下，來到了夔（ㄎㄨㄟˊ）州定居。

什麼時候能安穩下來啊？

我們在一起就好，別想太多了。

無邊落木蕭蕭下，不盡長江滾滾來。

詩句出自〈登高〉，描述了詩人對時間流逝的感慨。

這時，杜甫已經年過五十，世事滄桑，都化為一聲嘆息。
他將更多的思考投向世間，對熊生有了更多的感悟。

解讀

這首詩最後兩句的意思是：歷史上的英雄最終化為黃土，我又何必介意親朋書信音訊的減少。表達了詩人對世事無常的感悟，以及對自身境遇的感慨。

熊生啊！
真是比想的要快多了！

歲暮陰陽催短景，天涯霜雪霽寒宵。
五更鼓角聲悲壯，三峽星河影動搖。
野哭千家聞戰伐，夷歌數處起漁樵。
臥龍躍馬終黃土，人事音書漫寂寥。
——杜甫〈閣夜〉

在夔州居住兩年後，杜甫思鄉心切，
再次舉家沿長江而下。

細草微風岸，危檣獨夜舟。星垂平野闊，月湧大江流。名豈文章著，官應老病休。飄飄何所似，天地一沙鷗。
　　——杜甫〈旅夜書懷〉

杜甫輾轉到了潭州，在這裡，杜甫遇到了宮廷歌手李龜年，
回憶起過去在豪門宴席上相遇的場景，無限感慨。

岐王宅裡尋常見，崔九堂前幾度聞。正是江南好風景，落花時節又逢君。
　　——杜甫〈江南逢李龜年〉

不久，杜甫窮困潦倒，疾病纏身，
在前往岳州的小船上病逝了，終年五十九歲。

杜甫生於唐朝的繁華盛世，
又眼見著盛世衰落與凋零。

杜甫悲憫（ㄇㄧㄣˇ）百姓，他的許多詩歌，
深刻描繪了百姓的苦難和戰爭的殘酷，被稱為「詩史」。

在杜甫生活的時代，
他不是最出名的詩熊，並沒有像李白那樣名滿天下。

然而，杜甫的詩格律嚴整，對後世的格律詩影響深遠。
他憂國憂民的高尚情操也影響了一代又一代的華夏熊貓。

因此，後世將杜甫和李白並列，合稱為「李杜」。
他們是華夏詩壇永恆矗（ㄔㄨˋ）立的豐碑。

　　杜甫一生留下的一千四百多首詩歌，記錄了唐朝由盛轉衰的歷史巨變，被譽為「詩史」。

望岳

岱（ㄉㄞˋ）宗夫如何？齊魯青未了。

造化鍾神秀，陰陽割昏曉。

蕩胸生層雲，決眥（ㄗˋ）入歸鳥。

會當凌絕頂，一覽眾山小。

譯文：泰山的美景怎麼樣呢？走出齊魯之地仍然歷歷在目。大自然造就千種美景，山南山北割裂清晨黃昏。層層白雲令我心胸激蕩，望盡天邊卻只見歸鳥。我定要登上泰山頂峰，俯瞰群山。

今天，泰山被我包下了！

石壕（ㄏㄠˊ）吏（節選）

暮投石壕村，有吏夜捉人。

老翁逾牆走，老婦出門看。

吏呼一何怒！婦啼一何苦！

譯文：日暮時分在石壕村投宿，夜裡有官差捉人服役。借宿人家的老翁跳牆逃走，老婦出門查看。官差呼喝如此粗暴，老婦哭泣如此淒苦。

家裡男的呢？

三個兒子去當兵，兩個已經戰死了。

春夜喜雨

好雨知時節，當春乃發生。
隨風潛入夜，潤（ㄖㄨㄣˋ）物細無聲。
野徑雲俱黑，江船火獨明。
曉看紅濕處，花重錦官城。

譯文：好雨知道該下雨的時節，正好下在春天萬物生長的時候。隨著風在夜裡悄悄落下，無聲無息地滋潤萬物。田間小路和烏雲都黑茫茫的，只有江上的小船亮著燈火。早晨再去看被雨濕潤的花朵，整個錦官城（指成都）都變得花團錦簇（ㄘㄨˋ）。

近體詩

　　近體詩又稱格律詩，包括絕句和律詩，是形成於唐代的新詩歌體裁。近體詩對句數、字數、用韻等都有嚴格的要求，講究平仄（ㄆㄥˋ）對仗。和近體詩相對的概念是古體詩，古體詩不講究對仗，平仄和用韻也比較自由，是近體詩出現之前除楚辭外各種詩體的統稱。在杜甫之前，唐代古體詩和近體詩幾乎平分秋色，但是由於杜甫的近體詩成就，後世的詩人幾乎都將杜詩作為典範，使得近體詩變成壓倒性的多數，以至於我們現在一提起古詩，想到的反而以近體詩居多。

沒有您就沒有我
的發展。

別客氣，
咱們相互成就。

李杜的三次會面

杜甫和李白一共見過三次面。第一次是天寶三年（744）四月，杜甫在洛陽與被唐玄宗賜金放還的李白相遇，兩人非常投緣，約定下次在梁宋之地（今河南開封、商丘一帶）會面。

同年，兩人如約同遊梁宋，還遇到了詩人高適。三人一起問道求仙，卻沒有結果。這年的秋冬之際，李杜又一次分手。李白到齊州（今山東濟南）履行了道教儀式，成為道士。

第二年秋天，李白與杜甫在山東第三次會面。短短兩年的時間，他們兩次相約，三次會面，知交之情不斷加深。

杜甫故里

今天的遊學打卡，讓我們一起到河南鞏（《ㄨㄥˇ）義市的杜甫故里看看吧！

走進景區，就能看到百餘米長的詩聖碑林，這裡彙聚了國內外書法家的墨寶，肅穆莊重，承載著人們對杜甫的敬仰。景區內修建了杜甫的大型雕像，使我們得以領略幾分杜甫當年的風采，還有草亭、吟詩亭、望鄉亭供人們遊玩歇腳。當年的杜甫，是不是也像這樣在亭台中小坐片刻，就寫出了千古佳句呢？

杜甫一生始終懷念著故鄉，他的少年時期都在故鄉度過，他也給我們留下了「露從今夜白，月是故鄉明」的千古名句。

杜甫草堂

你可知道成都也曾經留下「詩聖」的足跡？安史之亂爆發後，杜甫為躲避戰亂來到成都，在浣（ㄨㄢˇ）花溪畔建下草堂，這是杜甫後半生少有的安穩生活，他在草堂居住期間留下了上百首詩歌。後來人們將杜甫草堂進行修繕、擴建，修建了詩史堂、大雅堂、工部祠、浣花祠、少陵碑亭和草堂陳列室等建築。今天，草堂已經成為紀念杜甫的博物館，想見識關於杜甫的各種文物和資料，就一定要到杜甫草堂親眼看看喲！

 杜甫
今天又夢到了李白，為他寫了首詩。
@李白

10分鐘前

♡李白、白居易、韓愈、韋莊、司馬光、蘇軾、文天祥

李白：出來一起喝酒啊！

杜甫回覆李白：說走就走，等我！

白居易：老杜的詩真是格律標準、工整美好啊！

韓愈回覆白居易：沒錯！杜甫前輩的詩十全十美，誰也比不上，不接受反駁！

韋莊：我找到了前輩在四川的住址，荒廢的草堂也被我重建了，快誇我！

杜甫回覆韋莊：多謝，有心了。

司馬光：寫詩最重要的是言外之意，讓人有所思考，老杜這方面做得好。

文天祥：身在獄中也時時想起先生的詩，我的想法、感慨，先生都在詩裡寫過了。

我是老少皆知的詩魔。

白居易

(772—846)

字樂天，號香山居士、醉吟(一ㄣˊ)
先生。他是在世時就紅到海外的
唐代詩人之一，也是對日本影響
最大的詩人。他年輕時激進強
硬，耿介不屈，有著兼濟天下的
熱情；中年後，變得知足隨緣，
樂天知命。他的一生受過磨難，
享過富貴，知己有兩人，朋友遍
天下，沒留下什麼遺憾。

安史之亂後，盛唐輝煌一去不返，
皇帝掌控不住局勢，唐朝陷入內憂外患之中。

白居易就在這種動盪的時局中出生了。

小白出生不久，戰火就燒到他的家鄉。
他父親白季庚在徐州做官，為躲避戰亂，
他將小白安置在宿州符離。

解讀
詩句描寫了動亂給百姓帶來了田園荒蕪、骨肉分離的災難。

乖寶寶，
不哭不哭。

爸爸帶你去一個
沒有戰火的地方。

白季庚

白母

宿州

時難年荒世業空，弟兄羈旅各西東。
田園寥落干戈後，骨肉流離道路中。
——白居易〈望月有感〉

白家祖上雖然世代做官，但白季庚只是個小官，
工資微薄，還得養家，因此，白家生活很拮（ㄐㄧㄝˊ）据（ㄐㄩ）。

我也
好想吃……

別的小孩
都有糖吃。

爸爸給我買的
糖真好吃。

只有讀書才能改變命運！
於是，小白刻苦讀書，年紀輕輕就白了頭。

我不能睡，我不能睡……

好好念書以後才能買糖吃。

二十已來，晝課賦，夜課書，間又課詩，不遑寢息矣。以至於口舌成瘡，手肘成胝。既壯而膚革不豐盈，未老而齒髮早衰白。

——白居易〈與元九書〉

解讀

白居易白天學習做賦，晚上刻苦讀書，幾乎不休息，導致嘴裡生瘡，手上長了厚厚的繭子，年紀輕輕就白了頭。

功夫不負有心熊，小白二十九歲便中了進士。
他意氣風發地前往新科進士打卡景點慈恩寺，
在大雁塔題下詩句。

寫好詩了，再簽個名吧！

慈恩塔下題名處
十七人中最少年

唐代科舉有「三十老明經，五十少進士」的說法，意思是唐代進士科被公認為難考，五十歲中進士都算年輕的。白居易能在三十歲前考中，說明他非常厲害。

小白並沒有止步於此。

幾年後他又參加了難度更大的吏部考試，同樣順利通過。

貞元十九年（803），白居易和元稹一起通過了吏部書判拔萃科考試。

小白也由此結識了一生摯友元稹（ㄓㄣ ˇ），
兩熊組成了大唐知名組合「元白」。

元稹（779—831），字微之，河南（府治今河南洛陽）人。唐代詩人，與白居易文學主張相近，結為終生詩友。他們共同宣導新樂府運動，世稱「元白」，他們的詩風被稱為「元和體」。

他們一起上班，一起進諫（ㄐㄧㄢˋ），
一起寫詩，一起遊玩。

花下鞍馬遊，雪中杯酒歡。
衡門相逢迎，不具帶與冠。
——白居易〈贈元稹〉

風景眞美！

我們寫首詩吧！

兩個有志青年還一起通過了皇帝主持的應制試。
小白被分配到長安附近的縣做縣尉。

你要多寫信給我啊，
我也會寫給你的。

祝我們前途無量！

做縣尉的時候，小白看到百姓辛勤勞作，卻生活貧困，
受到了很大的觸動，寫下了〈觀刈（一ˋ）麥〉。

農民
太辛苦啦！

足蒸暑土氣，背灼炎天光，
力盡不知熱，但惜夏日長。
——白居易〈觀刈麥〉

他還應朋友之邀，
寫下唐玄宗和楊貴妃的愛情悲劇〈長恨歌〉。

這首詩真是
絕了！

老兄，
你要紅了！

過獎過獎。

在天願作比翼鳥，在地願為連理枝。
天長地久有時盡，此恨綿綿無絕期。
——白居易〈長恨歌〉

〈長恨歌〉一出，小白徹底紅了。
從此紅透大江南北、海內海外，一發不可收。

有個著名的鐵粉葛青，
甚至在身上紋了三十首小白的詩！

荊州街子葛青，勇不膚撓，
白居易舍人詩。……凡刻三十餘處，首體
無完膚。

——段成式《酉陽雜俎》

小白任滿後回到長安，被任命為左拾遺兼翰林學士。
要知道，翰林學士往往能升為宰相。

小白秉承著兼濟天下的雄心，開始大展拳腳，
他用詩歌做武器，和元積等好友發起新樂府運動。

在朝堂上他仗義執言，
抨擊藩（ㄈㄢ／）鎮割據和宦（ㄏㄨㄢˋ）官亂政。
因此，得罪了不少權貴。

有關必規，有違必諫，朝廷得
失無不察，天下利病無不言。
——白居易〈初授拾遺獻書〉

你知道「委婉」兩
個字怎麼寫嗎？

還不快給
我閉嘴！

陛下，您讓宦官領
兵打仗，敵軍做夢
都會笑醒的呀！

幾年後，宰相武元衡在上班的路上被刺殺，慘死街頭。
這件事徹底點燃了小白的怒火。

溜了溜了。

光天化日，
我竟然被刺殺……

武元衡

朝廷只抓了幾個刺客，卻不敢動刺客背後的藩鎮勢力。
小白請求皇帝嚴懲真凶，態度非常強硬。

藩鎮勢力的魔爪立即伸向了他，
小白被扣上「越職」、「不孝」的帽子，貶為江州司馬。

小白迷茫了，正直敢言有錯嗎？
不，沒有！是對方太強大，自己太弱小了！

世道如此，那他該何去何從呢？
是繼續對抗下去，直到身死命殞（ㄩㄣˇ），
還是索性兩眼一閉，事不關己？

小白糾結極了！
唯有江州的美景，能稍稍紓解他的心情。

把煩惱都忘掉……

還是桃花美。

有一次，小白在潯（ㄒㄩㄣˊ）陽江頭為朋友餞行，
舉杯送別時，大家突然聽到了長安流行的琵琶曲，
他邀請琵琶女彈奏樂曲，寫下千古名篇〈琵琶行〉。

不要想難過的事了。

京城流行的曲調，
真是令熊感慨。

江州和潯陽都是現在的江西省九江市的古稱。

我聞琵琶已歎息，又聞此語重唧唧。
同是天涯淪落人，相逢何必曾相識！
——白居易〈琵琶行〉

小白有感於琵琶女和自己相似的遭遇，
決定急流勇退，和過去的自己告別。

他用眼淚送走了那個仗義執言的年輕小白，
接受了獨善其身、樂天知命的成熟老白。

從此，老白不再積極參與朝堂大事，
遇到險惡的政治鬥爭，他便躲到一旁。

但老白並沒有放棄百姓，
他在杭州治理旱澇（ㄌㄠˋ），在蘇州治理交通。

在哪裡做官，他就為哪裡的百姓謀福利，
因此深受百姓愛戴。

白居易在蘇州任職期間，為了便利水陸交通，帶領百姓開鑿了一條長達七里的山塘河，並在河邊修建道路。

大人中午來我家吃飯呀！

大人，蓮蓬熟了，給您嘗嘗！

這樣交通就方便多了。

老白晚年在洛陽養老，經常和好朋友劉禹錫寫詩唱和。
「劉白」也成了僅次於「元白」的知名文學組合。

劉禹錫（772—842），唐代文學家、哲學家，字夢得，洛陽人，有「詩豪」之稱。

夢得，你來啦！

你的約，我怎麼能不來呢？

劉禹錫

綠螘新醅酒，紅泥小火爐。
晚來天欲雪，能飲一杯無？
——白居易〈問劉十九〉

老白去世後，李商隱給他寫了墓誌銘，
唐宣宗李忱（ㄔㄣˊ）也寫詩紀念他。

解讀

你白居易的詩名傳天下，連孩童也會吟〈長恨歌〉，胡人也能唱〈琵琶行〉。到處都能聽見人們吟誦你的詩歌，只要想起你已經離去就會令我悲傷。

你的詩歌會永遠流傳。

我們不會忘記你，後世更不會忘記你。

李商隱

唐宣宗

童子解吟長恨曲，胡兒能唱琵琶篇。
文章已滿行人耳，一度思卿一愴然。
——唐宣宗〈吊白居易〉

白居易作詩時，日以繼夜，不知辛苦，
被稱為「詩魔」。

解讀

瞭解我的把我看作詩仙，不瞭解我的認為我作詩著了魔。為什麼呢？像這樣勞苦心靈，耗費聲氣，日以繼夜，而不知辛苦，這不是著魔又是什麼？

其實我是當時官方認證的詩仙來著，但詩魔也不錯。

知我者以為詩仙，不知我者以為詩魔。何則？勞心靈，役聲氣，連朝接夕，不自知其苦，非魔而何？
——白居易〈與元九書〉

白居易的詩歌成就是華夏文學史上的一座高峰，
他的詩歌理論影響了一代又一代熊貓。

解讀

創作文章和詩歌要反映時事和現實。

文章合爲時而著，歌詩合爲事而作。

——白居易〈與元九書〉

打開課本找一找他的詩！

哇，大詩熊！

這位就是咱們華夏偉大的詩熊白居易。

我知道他。離離原上草，一歲一枯榮……

此外，白居易的詩歌由於通俗易懂，
在海外也引起了巨大反響。

我爲唐詩代言！

唐詩

民族的就是世界的。

暮江吟

一道殘陽鋪水中，半江瑟（ㄙㄜˋ）瑟半江紅。
可憐九月初三夜，露似真珠月似弓。

譯文： 夕陽餘暉鋪在江面上，使江水呈現出半江碧綠半江豔紅的景象。最可愛的是那九月初三的夜晚，露珠像珍珠一樣，升起的新月像一張彎弓。

錢塘湖春行

孤山寺北賈亭西，水面初平雲腳低。
幾處早鶯爭暖樹，誰家新燕啄春泥。
亂花漸欲迷人眼，淺草才能沒馬蹄。
最愛湖東行不足，綠楊陰裡白沙堤。

譯文：從孤山寺的北面到賈公亭西面，水面彷彿和湖岸齊平，天上白雲低垂。幾隻黃鶯爭先飛往向陽樹木，誰家新飛來的燕子為築新巢銜來春泥。花朵紛繁，使人眼花繚亂；淺草青青，剛好遮沒馬蹄。湖東景色令人流連忘返，最喜愛的還是那綠楊掩映的白沙堤。

顧況戲白居易

　　白居易初次參加科舉考試時還沒有名氣，他去拜訪著名詩人顧況，顧況看到白居易的名字，便幽默地說：「長安物價很高，白居恐怕不易！」等他讀到「離離原上草，一歲一枯榮。野火燒不盡，春風吹又生」的詩句時，不禁大為驚奇地說：「能寫出這樣的詩句，白居也容易！」從此，白居易詩名大振。

　　這個小故事出自唐代張固的奇聞怪事集〈幽閒鼓吹〉。

又沒吃到你家竹子……

長安物價很高，白居恐怕不易！

顧況

「新樂府」的由來

　　「新樂府」是白居易、元稹等詩人宣導的詩歌革新運動，主張自創新題樂府，詠寫時事，體現漢樂府的現實主義精神，而不再以是否入樂作為樂府的標準。新樂府的代表作品有白居易的〈新樂府〉五十首、〈秦中吟〉十首，元稹的〈田家詞〉〈織婦詞〉，張籍（ㄐㄧˊ）的〈野老歌〉和王建的〈水夫謠〉。

創新的樂府詩，
快來看一看！

白園

　　如果想打卡與白居易有關的景點，那我們可不能錯過河南洛陽龍門東山琵琶峰上的白園！

　　白居易晚年居住在洛陽，他在龍門修建了香山寺，自號香山居士。因為白居易非常喜愛龍門的山水，所以去世後也葬在這裡。白園既是白居易的墓園，也是紀念白居易的主題園林，不僅景色優美，更有著濃濃的文化氣息。景區內有青谷、樂天堂、詩廊、白居易墓等十餘處景點。由於白居易在海外的巨大影響，日本、韓國、新加坡等國文化團體曾多次在白園舉行紀念活動。

白居易草堂

參觀完白園，我們再來看看白居易生活過的草堂吧！

白居易草堂位於江西廬山的花徑公園，它可是白居易親自參與選址、設計和建造的。

白居易被貶江州後，便在廬山的香爐峰下建草堂隱居。草堂是白居易園林理念的體現，他寫下的〈廬山草堂記〉，堪稱中國古典園林史上的模範之作。

如今，在草堂的湖畔佇立著白居易的雕像，我們不妨去一覽花徑亭，放慢腳步，細細體會古典園林之美……

白居易

有時候，我不太懂。我花心思寫的諷喻詩，大家不愛讀；隨隨便便寫的愛情詩、寫景詩，大家都愛得不行。

10 分鐘前

♡ 元稹、劉禹錫、李商隱、李紳、白行簡、王質夫、陳鴻

元稹：讀者心，海底針。

劉禹錫：管他呢，大家喜歡就行了！

李商隱：愛情是人之常情，景物能人所共賞，容易產生共鳴，讀者就喜歡。

白行簡：哥，你就不要比爛了好嗎，你的諷喻詩還能比我的更不紅嗎？

白居易回覆李商隱：義山，我太喜歡你的詩文了，如果有來世，我想當你兒子。

白居易回覆劉禹錫：還是老劉你灑脫！

白居易回覆元稹：看看人家義山說的。

白居易回覆白行簡：確實比你紅。

元稹回覆白居易：呵呵。

李商隱回覆白居易：嗯……好喔。

沒錯！我就是超級大文豪！

蘇軾

（1037—1101）

北宋超級大文豪，享譽海內外的
國際巨星。他不僅在詩詞散文方
面獨領風騷，還在書畫、建築、
水利、醫藥、飲食等領域都頗有
建樹。他是一個貼近百姓的文
豪，遇到不開心的事，只要吃一
頓美食就能解決，人稱「北宋第
一愛吃美食家」。

北宋是文壇群豪輩出、巨星閃耀的朝代。

北宋（960—1127）是結束五代十國分裂局面的朝代，與南宋合稱宋朝。北宋文化繁盛，引領文壇的「唐宋八大家」，有六位都出自北宋。

如同唐代詩壇出現了李白這樣的天才，
北宋文壇也有一位神一般的才熊，
他就是超級文豪蘇軾。

蘇軾出生在眉州眉山（今屬四川），他的父親蘇洵，
可是被〈三字經〉認證過大器晚成的代表！

蘇洵（1009—1066），字明允，和兒子蘇軾、蘇轍合稱「三蘇」。

蘇老泉，二十七。
始發憤，讀書籍。

說是好名聲，
可總覺得哪裡怪怪的。

蘇洵

這幾句出自古代兒童啓蒙讀物〈三字經〉，意思是蘇洵到了二十七歲才發奮讀書。

為了不讓孩子和自己一樣浪費光陰，
蘇洵對小時候的蘇軾和蘇轍進行了「魔鬼訓練」。

睡覺前寫十首詩，
少一首明天不許出去玩。

今天要讀完這些書，
讀不完不許吃零食。

這本書要全文背誦，
背不下來也得抄一遍。

蘇軾

蘇轍

訓練有多嚴格呢？蘇軾年老時夢見父親考自己背書，還會半夜驚醒，這心理陰影面積不用算就知道很大。

在父親的嚴格教育下，兩兄弟年紀輕輕就成了學霸，作為全家的希望，蘇洵帶著兩個兒子一起進京趕考。

文壇領袖歐陽脩是這次進士考試的主考官，
他一見到蘇軾的考卷就拍案叫絕，
認定這是自己的得意門生曾鞏寫的。

歐陽脩（1007—1072），字永叔，號醉翁、六一居士，北宋文學家、史學家。

蘇軾雖然因為這次烏龍只獲得了第二名，
但他的才華被歐陽脩認證，自此名揚天下。

緊跟著，蘇軾又在超高難度的制科考試中，獲得北宋立朝一百多年來的最高評價，以完美開局進入了朝堂。

制科是古代朝廷為選拔各類特殊人才而設置的不定期考試，宋朝制科評價分為五等，前兩等是虛設，第三等就相當於最高評價。在蘇軾之前，只有一個叫吳育的人拿過三等次，比蘇軾的第三等稍差一些。

然而，蘇軾剛剛步入政壇不久，轟轟烈烈的王安石變法便開始了！

王安石（1021—1086），北宋政治家、文學家、思想家。宋神宗時拜相主持推廣新法，史稱「王安石變法」。

以王安石為代表的變法派要推行新法，守舊派拚命反對。
蘇軾屬於哪一派呢？他是「不合時宜派」。

變法派得勢的時候，蘇軾勸誡他們不要太急功近利，
因此被變法派視為變法的障礙，不得不自請外放。

蘇軾在外還操心朝堂大事，
又上書談論新法的弊端，自此一路被貶。
但他貶到哪兒寫到哪兒，踏上了制霸文壇的新道路。

欲把西湖比西子，
淡妝濃抹總相宜。

詩句出自蘇軾的〈飲湖上初晴後雨二首·其二〉，大意是：如果把西湖比作美人西施，不管是淡妝還是濃妝，都是那麼美麗動人。

這傢伙這麼閒，看著好氣啊。

工作如此悠閒，只能寫詩了。

蘇軾除了會寫詩，也擅長填詞。
他開創性地在詞中加入了豪邁奔放之氣，
一舉扭轉了宋詞之前婉約的形象。

老夫聊發少年狂，
左牽黃，右擎（ㄑㄧㄥˊ）蒼。

不過，這並不是說蘇軾不寫婉約詞，
當他的詞風婉轉起來的時候，就沒別的詞熊什麼事了。

枝上柳綿吹又少，
天涯何處無芳草！

唱得真好，
不愧是我寫的詞。

詞句出自〈蝶戀花‧春景〉，大意是：樹枝上的柳絮被風吹得越來越少，但天涯處處都長滿了芳草。

一次，蘇軾思念弟弟蘇轍，
寫了首〈水調歌頭‧明月幾時有〉，
讓後世熊貓背誦了近千年。

人有悲歡離合，
月有陰晴圓缺，
此事古難全。
但願人長久，
千里共嬋娟。

哥，我也想你。

真受不了
這兄弟倆。

嫦娥

見不到弟弟，
想他，想他。

解讀

人有悲歡離合之事，月有陰晴圓缺之時，這事自古以來就很難周全。希望人們可以長長久久地在一起，即使相隔千里，也能共賞這美好的月光。

文采出眾的蘇軾粉絲遍天下。
據說有個叫章元弼（ㄅㄧˋ）的熊貓，
因為太喜歡蘇軾而冷落了妻子，結果離婚了。

就連皇帝宋神宗也成了他的粉絲，
看他的文章連飯都忘了吃。

蘇軾的名聲越來越大，變法派又不高興了。
蘇軾調任湖州後，給宋神宗寫了篇〈湖州謝上表〉，
結果被變法派抓住了把柄。

因為有這種熊貓，才讓新法處處受阻，應該殺雞儆（ㄐㄧㄥ ˇ）猴！

蘇軾陰陽怪氣，誹謗（ㄈㄟ ˇ ㄅㄤ ˋ）陛下，反對變法……

可惡，就算他文章寫得好也不能阻止變法！

變法派官員蒐集罪名，誣陷蘇軾蔑（ㄇㄧㄝ ˋ）視皇帝。
蘇軾被抓捕回京，在御史台的牢獄接受審訊，
這就是有名的「烏台詩案」。

陛下很生氣，你這次死定了！

在牢獄裡，蘇軾萬念俱灰，差點兒自殺，
他寫詩和弟弟告別，而蘇轍此時正在極力營救他。

下獄期間，蘇軾寫下〈獄中寄子由二首〉。「與君世世為兄弟，又結來生不了因」。意思是，我願和你世世代代做兄弟，更要在來生繼續我們的兄弟情分。

下輩子，不，生生世世我們都要做兄弟！

哥，我不做官了也要把你救出來！

關鍵時刻，蘇軾名聲大的優勢就展現出來了，
很多官員為他求情，連變法派的老大王安石都為他說話。

雖然蘇軾總和我對著幹，但我很欣賞他的才華。

再說，哪有在聖明的世道殺掉才熊的道理？

那就把他放了吧。

王安石

宋神宗

蘇軾逃過了死罪，但是被貶到黃州閒置。
報效家國的雄心壯志也只剩一聲長嘆。

這種失落曾讓蘇軾短暫迷茫，
但是他選擇將這種失落藏在心底，
開啟了豁（ㄏㄨㄛˋ）達快樂的新生活。

從此，鋒芒畢露的才熊蘇軾隱身了，
樂觀開朗的美食家蘇東坡上線了。

對吃貨來說，沒有什麼是美食解決不了的，
蘇軾不只自己愛吃，還帶紅了許多以他命名的美食。

他甚至還寫過一篇〈豬肉頌〉，
美妙地描述了每天能吃上兩碗肉的愉悅心情。

這頭豬發燒了，
不如做成東坡肉吧。

放開我！

〈豬肉頌〉寫的是蘇軾做肉的心得，看似風趣，實則暗含著為人處世的道理。

然而蘇軾仍然沒有放棄對熊生和命運的思考，
他一口氣寫了許多廣為流傳的名篇佳作。

「封神」大作

我隨便寫寫，
你們就得全文背誦，
真是不好意思。

〈定風波‧莫聽穿林打葉聲〉

〈念奴嬌‧赤壁懷古〉

〈後赤壁賦〉

〈赤壁賦〉

蘇軾本以為自己要就此貶官終老，沒想到宋神宗忽然病逝，
年僅十歲的宋哲宗繼位，反對變法的高太后臨朝聽政。

於是一夜之間，蘇軾過去被變法派打壓的事蹟全成了榮譽，
他被召回京城，很快高升為三品大員。

高太后非常欣賞蘇軾的才華，讓他去給宋哲宗當老師。
熊生的大起大落，讓蘇軾有點愣（ㄌㄥˋ）住。

我會好好教導
陛下的！

孫兒啊，以後蘇學士
就是你的老師了。

哼！

守舊派這邊卻沒閒著，
高太后任用「砸缸聖手」司馬光為相，
將變法派的新政全盤推翻。

是不是有點兒
過分了啊……

吃了我的給我吐出來，
拿了我的給我還回來！

司馬光

司馬光（1019—1086），北宋大臣、史學家，撰有中國古代第一部編年體通史〈資治通鑑〉。司馬光少年時砸甕救人的故事為人所熟知。

看到守舊派對變法的全盤否定，
蘇軾又開始不合時宜地上書反對，
結果又被守舊派視為眼中釘。

蘇軾這次學乖了，發現勢頭不對，立刻主動請求外放。
他再次來到杭州做官，帶領百姓疏浚（ㄐㄩㄣˋ）河道，修建湖堤。
為了紀念蘇軾，熊貓們把湖堤命名為蘇公堤。

然而，身在遠方的蘇軾並沒有躲開朝堂的政治風暴，
宋哲宗親政後，表示要繼承父親的志向，繼續推行變法。

不知道蘇軾當老師的時候，是不是用了家傳的「魔鬼訓練」，
成年的宋哲宗特別不喜歡蘇軾，把他一路貶到了海南。

去海南的路上，蘇軾與同樣被貶的弟弟蘇轍同行，
兩兄弟上次這樣一起趕路，還是進京趕考的時候。

日啖（ㄉㄢˋ）荔枝三百顆，
不辭長作嶺南人。
你不吃嗎？

哥，你怎麼還想著吃？

蘇軾在海邊和蘇轍依依惜別，兩熊心裡明白，
他們都到了六十上下的年紀，這次分別恐怕就是永訣。

哥，記得把酒戒了，
別暴飲暴食。

偏不，有本事你
天天來盯著我！

三年後，蘇軾被朝廷赦免，回程路上他卻病倒了。
一代文豪最終病逝於常州，享年六十五歲。

人間的東西吃膩了，看看天上有什麼東西好吃。

常州今屬江蘇，別稱龍城。

在華夏文學史上，蘇軾是少有的全能型熊才，
他的散文、詩詞、書法、繪畫，都成就非凡！

歐陽脩

歐蘇

天下第三行書

寒食帖

蘇辛

蘇黃

黃庭堅

辛棄疾

蘇軾一生歷經坎坷，卻每每能一笑置之，
在世間百味中，尋找出熊生的真諦。

東坡先生，塵世間的
幸福究竟是什麼呢？

人間有味是清歡。

詞句出自蘇軾的〈浣溪沙·細雨斜
風作曉寒〉，意思是人間真正有味
道的是清淡的歡愉。

水調歌頭

丙辰中秋，歡飲達旦，大醉，作此篇，兼懷子由。

明月幾時有？把酒問青天。不知天上宮闕（ㄑㄩㄝˋ），今夕是何年。我欲乘風歸去，又恐瓊（ㄑㄩㄥˊ）樓玉宇，高處不勝寒。起舞弄清影，何似在人間。轉朱閣，低綺戶，照無眠。不應有恨，何事長向別時圓？人有悲歡離合，月有陰晴圓缺，此事古難全。但願人長久，千里共嬋娟。

譯文：明月何時出現？我舉杯問天。不知道天上如今又是哪年？想乘風去天上的樓宇，又怕太高太冷。在月光下起舞，身影也隨著舞動，不如留在人間。

明月轉過朱紅色的樓閣，低低地掛在雕花的窗戶上，照著不能入睡的自己。它不該有怨恨吧，為何在離別時才圓呢？人要經歷悲歡離合，月有陰晴圓缺之時，自古沒有兩全。只願人人都平安，共賞明月就好。

江城子 · 密州出獵

　　老夫聊發少年狂，左牽黃，右擎蒼，錦帽貂裘（ㄉㄧㄠ ㄑㄧㄡˊ），千騎卷平岡。為報傾城隨太守，親射虎，看孫郎。酒酣（ㄏㄢ）胸膽尚開張，鬢微霜。又何妨！持節雲中，何日遣馮唐？會挽雕弓如滿月，西北望，射天狼。

譯文：我重拾少年豪情，帶著黃狗蒼鷹，隨行的將士們穿著錦帽貂裘，浩浩蕩蕩，像疾風一樣席捲平坦的山岡。為我報知全城百姓，隨我出獵，我要像孫權一樣親自獵殺老虎。

喝酒喝得高興，胸襟（ㄐㄧㄣ）開闊，膽氣豪壯，鬢角白了有什麼關係！朝廷什麼時候會來赦（ㄕㄜˋ）免我呢？我終將開弓如滿月，瞄準西北，把代表西夏的天狼星射下來。

定風波

三月七日，沙湖道中遇雨，雨具先去，同行皆狼狽（ㄅㄟˋ），余獨不覺。已而遂晴，故作此詞。

莫聽穿林打葉聲，何妨吟嘯（ㄒㄧㄠˋ）且徐行。竹杖芒鞋輕勝馬，誰怕？一蓑（ㄙㄨㄛ）煙雨任平生。料峭（ㄑㄧㄠˋ）春風吹酒醒，微冷，山頭斜照卻相迎。回首向來蕭瑟處，歸去，也無風雨也無晴。

譯文： 不用在意山林中的風雨，不妨一邊吟詠一邊悠然行走。竹杖草鞋勝過騎馬，沒什麼可怕的，一身蓑衣面對風雨，平淡地度過一生。

酒醒時春風微冷，山頭的斜陽景色宜人。回頭望一眼來處的風雨，信步歸去，無所謂下雨天晴。

文豪小講堂

唐宋八大家

又被稱為「唐宋散文八大家」，指的是唐宋兩代八位散文作家，即唐代的韓愈和柳宗元，宋代的歐陽脩、蘇洵、蘇軾、蘇轍、王安石、曾鞏。唐宋八大家是推進唐宋兩代古文運動的中心人物，對當時和後世的散文創作產生了深遠的影響。

烏台詩案

　　這是發生在宋神宗元豐二年（1079）的一起案件。當時御史何正臣等人彈劾（ㄏㄜˊ）蘇軾，說他調任湖州後寫的〈湖州謝上表〉中，暗含了諷刺朝廷的意思，隨後又拿出蘇軾的大量詩文作為罪證。宋神宗於是下令逮捕蘇軾，將他關押在御史台獄受審。後來經過多方營救，且蘇軾文名出眾，宋神宗也欣賞他的才華，此事才得以結案，蘇軾被貶黃州（今湖北黃岡），弟弟蘇轍也被牽連貶官。漢朝御史台種了很多柏樹，有數千隻烏鴉棲息在上面，因此後世稱御史台為「烏台」，這一案件也被稱為「烏台詩案」。

三蘇祠

　　今天帶大家來到四川省眉山市，打卡蘇氏三父子的故居和祠堂——三蘇祠。曾有傳言「眉山出三蘇，草木盡皆枯」，意思是蘇氏三父子占盡地靈，導致眉山百年內草木不旺，古人這種誇張的說法正說明了「三蘇」才華出眾。

　　三蘇祠始建於北宋，清朝時重建。如今的三蘇祠是清代園林式風格，祠堂內陳列了許多與「三蘇」有關的匾聯書畫等文物，這些寶貴的文化遺產，在今天仍然綻放著光彩，等待著後人傳承……

蘇東坡紀念館

　　接下來，帶大家去杭州的蘇東坡紀念館看看吧！這座紀念館位於西湖蘇堤映波橋旁邊，入口處有一尊蘇軾石雕像，蘇軾衣袂翩（ㄆㄧㄢ）翩、昂首挺胸地佇立在這個他曾經無比眷念的地方。

　　進入館內，漫步碑廊、白坡亭、醉（ㄉㄟˋ）月軒等景點，參觀蘇軾生平事蹟陳列、書畫作品展覽，我們將瞭解到蘇軾在杭州的政績和發生過的趣事，以及他留下的文學作品，感受一代文豪的風采。

蘇軾
今日作了一首詩，晚餐也都準備好了，呵呵，開心。

♡ 蘇轍、陸游、元好問、曾國藩、王國維、錢穆（ㄇㄨˋ）、林語堂

黃庭堅：老師，我能來你家吃飯嗎？

蘇轍：你不愛弟弟了嗎？怎麼不叫我一起吃？

蘇軾回覆蘇轍：唉，你悄悄地過來吧，別讓人發現。

黃庭堅回覆蘇軾：老師，我看到了。

蘇軾回覆黃庭堅：呵呵，下次一定請你。

林語堂：像您這樣的吃貨，不，妙人兒，真是世間獨一無二啊。

李清照：你的詩寫得不錯，但你的詞不通音律，還得多練練，別天天只知道吃！

大家都叫我千古第一才女！

李清照

（1084—約1155）

號易安居士，漢族，齊州章丘
（今山東濟南市章丘區）人。宋
代女詞人，婉約詞派代表，有
「千古第一才女」之稱。生不逢
時，才情卓絕，天真活潑又多愁
善感，柔婉又剛毅堅強。

在群星閃耀的詞壇文豪中，有一位驚才絕豔的女性詞熊，
作為婉約詞派代表，提出了詞「別是一家」的說法。

婉約派是宋詞兩大流派之一，另一個是豪放派。婉約派的詞風特點是婉轉含蓄，內容側重兒女風情，結構深細縝密，音律婉轉和諧，語言圓潤綺麗，有一種柔婉之美。

她，就是李清照。

自少年便有詩名，才力華贍，逼近前輩。在士大夫中已不多得。若本朝婦人，當推文采第一。
——王灼〈碧雞漫志〉

解讀
（李清照）少年成名，才華出眾，在文人中都很少見，在宋朝的女性中，更是當之無愧的文采第一。

李清照出身於書香門第，父母都非常開明，
使她能在相對寬鬆自由的環境中快樂成長。

解讀

李清照的父親李格非在作詞寫文章上下苦功，母親王氏也善於寫文章。

小蝴蝶啊小蝴蝶，你再飛，我可就要抓你囉。

格非苦心工於詞章，陵轢直前，無難易可否，筆力不少滯。……妻王氏，拱辰孫女，亦善文。

——〈宋史・李格非傳〉

當時，多數姑娘大門不出，二門不邁，
只能在家裡繡花。

古代女子的日常

整天繡花好無聊，嚶嚶嚶……

李清照卻已經在讀書之餘，
快樂地跟朋友們一起遊玩了。

李清照的日常

好啊，
都聽你的。

一定要
玩得盡興。

天氣這麼好，
我們去划船吧。

後來李清照回憶少年趣事，還寫下兩首〈如夢令〉。
一首記錄了酒後划船的趣事。

快看，鳥都被嚇飛了。

哈哈，真好玩！

爭渡，爭渡，驚起一灘鷗鷺。
——李清照〈如夢令〉

另一首抒發了她對春殘花落的感傷。

胡說，昨晚又颱風又下雨的，花肯定凋零了。

小姐，海棠花好著呢。

昨夜雨疏風驟，濃睡不消殘酒。試問捲簾人，卻道海棠依舊。知否，知否，應是綠肥紅瘦。

——李清照〈如夢令〉

兩首詞一出，李清照的才華再也藏不住了，
她一夜爆紅，才女之名傳遍大宋。

熊貓熱搜

1 李清照〈如夢令·常記溪亭日暮〉　清
2 李清照〈如夢令·昨夜雨疏風驟〉　清
3 李清照 大宋第一才女　熊
4 虎父無犬女　↑
5 論家庭教育的重要性　↑

她的筆下不僅有少女的爛漫和哀愁，
也有大丈夫的膽魄（ㄆㄛˋ）與豪情。

當時，大文豪蘇軾的學生張耒（ㄌㄟˇ）寫了一首詩，
文士們紛紛寫詩應和。

未滿十八歲的李清照跟著寫下的兩首詩，
展現了非凡的政治見識和膽魄，立意比張耒的詩更深刻。

張叔叔，我也寫了兩首詩。

西蜀萬里尚能反，南內一閉何時開……

小丫頭居然寫得比我好，這讓我的老臉往哪兒擱……

〈浯溪中興頌詩和張文潛二首〉不僅分析了唐朝爆發安史之亂的原因，還借古喻今，諷刺了北宋末年朝政的腐敗，表現了對朝局的擔憂。

她的才華吸引了品學兼優的宰相公子趙明誠。

那個帥哥是誰呀？

謝謝伯父，那我可以娶你女兒了嗎？

和羞走，倚門回首，卻把青梅嗅。

小夥子，我很欣賞你。

趙明誠

蹴罷秋千，起來慵整纖纖手。露濃花瘦，薄汗輕衣透。見客入來，襪剗金釵溜。和羞走，倚門回首，卻把青梅嗅。

——李清照〈點絳唇〉

兩個年輕熊貓家世相當，很快就結婚了，
他們從此過上了幸福的生活。

趙明誠（1081—1129），字德甫（一作德父），北宋末年宰相趙挺之第三子，李清照的丈夫。宋代金石學家，愛好收集碑刻、古玩、字畫等文物。

> 從今天起，
> 你就是我的夫人了。

趙明誠沒有任何不良嗜好，唯獨熱愛收藏金石等文物。
巧了，李清照也喜歡。

> 好漂亮，不愧是你！

> 這是我花光了
> 薪水買的畫。

他們的愛情在擁有共同志趣的基礎上，
變得更加堅實浪漫。

當然是你好看。

你看是花好看，
還是我好看？

賣花擔上，買得一枝春欲放。淚染輕勻，猶帶彤霞曉露痕。怕郎猜道，奴面不如花面好。雲鬢斜簪，徒要教郎比並看。

——李清照〈減字木蘭花〉

分居兩地時，
李清照會給趙明誠寫詞訴情。

花都謝了，
我什麼時候才能
見到你呀？

紅藕香殘玉簟秋，獨上蘭舟。雲中誰寄錦書來？雁字回時，月滿西樓。花自飄零水自流。一種相思，兩處閒愁。此情無計可消除，才下眉頭，卻上心頭。

——李清照〈一翦梅〉

但你永遠不知道，
明天和意外哪個先到來。

他們的父親先後受到黨爭迫害，
一個被貶官去世，一個被驅逐出京。

而北宋也走到了盡頭，金兵南侵，汴京失守，
徽（ㄏㄨㄟ）欽二帝被俘。宋高宗即位後匆匆南逃，定都臨安。
至此，歷史進入南宋時期。

李清照夫婦收集了半輩子的文物，
在戰火中化為灰燼。

李清照不甘心，冒著生命危險搶救文物，
但也只救出一小部分，之後，她匆匆南下投奔趙明誠。

*危險行為，請勿模仿

誰知「豬隊友」趙明誠犯了大錯，
他身為江寧地區的主事者，卻在江寧發生兵變時逃走了⋯⋯

當李清照找到棄城逃跑的趙明誠時，
她嘆了口氣，選擇沉默。

她期待收復河山，可南宋朝廷只想苟且偷生。
看到連丈夫都失去了氣節，失望的李清照只能寫詩諷刺。

生當做人傑，死亦為鬼雄。
至今思項羽，不肯過江東。

不久，趙明誠重病去世，
臨死前囑咐李清照一定要守好文物。

小風疏雨蕭蕭地，又催下、千行淚。人去玉樓空，腸斷與誰同倚？一枝折得。吹簫人間天上，沒個人堪寄。
——李清照〈孤雁兒〉

一定要保護好咱們的寶貝。

我怎麼會喜歡你這個書呆子……

但她一個弱女子，
怎麼在戰火中保住這麼多文物？

夫人，再走下去，我們的東西就被搶光了。

要不我們換條路吧？

這可怎麼辦？

後來，為了避免政治迫害，
她又決定把收藏的所有銅器都捐給朝廷。

我來幫你拿吧。

這也是迫不得已啊……

「今年海角天涯，蕭蕭兩鬢生華。」這句詞寫李清照遠離故土，流寓漂泊，頭髮都白了。

奔波了好幾年後，李清照終於在臨安安頓下來。
她身心俱疲，還生了一場大病。

咳咳咳……

相傳，這時有個叫張汝（ㄖㄨˇ）舟的官吏出現了。
他對李清照百般呵護，騙取了她的信任，兩熊很快結婚。

婚後，張汝舟露出真面目，
原來他並不喜歡李清照，只是貪圖她的寶物。

不堪忍受欺凌的李清照做了個對古代女子來說
驚天地泣鬼神的決定：離婚！

在宋朝，男子休妻比較容易，女子離婚很難，
李清照要想脫離苦海，只能另闢蹊徑（ㄒㄧ ㄐㄧㄥˋ）！

妻告夫，雖屬實，仍須徒刑二年。
——宋代《刑統》

解讀
（在宋朝）如果妻子狀告丈夫，就算丈夫有罪，妻子也要坐兩年牢。

李清照冒著坐牢的風險，揭發張汝舟的欺君之罪。
結果，張汝舟被流放，李清照也鋃鐺（ㄌㄤ╱ㄉㄤ）入獄。

幸運的是，李清照很快被親朋好友救出，
沒受多少牢獄之苦。

可這件事徹底毀了她的名聲，
各種惡評充滿她的社交網路，連小孩都說她是壞女人。

但這些磨難沒有消磨掉她的才情和骨氣，
反而淬（ㄘㄨㄟˋ）鍊了她的靈魂和文筆。

她身處亂世，自顧不暇（ㄒㄧㄚˊ），
卻依然心繫國家命運，給勇士寫詩送行。

> 韓公、胡公，一路平安。

> 你們的精神我會牢記心間！

欲將血汗寄山河，去灑東山一抔土。

詩句出自李清照的〈上樞密韓肖冑詩二首〉。當時，南宋朝廷派同簽樞密院事韓肖冑和工部尚書胡松年出使金朝，他們表面上是去慰問被囚於北方的徽欽二帝，實則是為了探察金的情況，處境危險，極有可能有去無回。

快樂是歌，苦難也是歌。
她把一生悲歡化成千古絕唱〈聲聲慢〉。

> 天怎麼還沒黑？時間怎麼過得這麼慢？

尋尋覓覓，冷冷清清，淒淒慘慘戚戚。乍暖還寒時候，最難將息。三杯兩盞淡酒，怎敵他、晚來風急。
——李清照〈聲聲慢〉

宋人中填詞，李易安亦稱冠絕。使在衣冠，當與秦七、黃九爭雄，不獨雄於閨閣也。……〈聲聲慢〉一詞，最為婉妙。
——楊慎〈詞品〉

1987年，國際天文學會用李清照的名字，
命名了一座水星上的環形山，以紀念這位偉大的女詞熊。

李清照用她獨特的人文光輝告訴我們：
不要怕，做自己。

這裡我們選取了李清照的一首詩、兩首詞，快來讀一讀吧！

夏日絕句

生當作人傑，死亦為鬼雄。
至今思項羽，不肯過江東。

譯文：活著的時候應當做人中豪傑，死後也要做鬼中英雄。直到今天人們還在懷念項羽，因為他不肯苟且偷生退回江東。

漁家傲

天接雲濤(ㄊㄠ)連曉霧，星河欲轉千帆舞。彷彿
夢魂歸帝所，聞天語，殷(ㄧㄣ)勤問我歸何處。
我報路長嗟(ㄐㄧㄝ)日暮，學詩謾(ㄇㄢˋ)有驚人句。
九萬里風鵬正舉。風休住，蓬舟吹取三山去！

解讀：這首詞描寫了夢境中的海天景象及詞人與天帝的問
答，隱寓了她對社會現實的不滿、失望和對理想境界的追
求、嚮(ㄒㄧㄤˋ)往。

女娃娃，
你到哪裡去？

我想去仙山
尋找自由。

如夢令

常記溪亭日暮，沉醉不知歸路。興盡晚回舟，誤入藕花深處。爭渡，爭渡，驚起一灘鷗鷺。

譯文： 經常想起當初在溪邊的亭子遊玩到太陽落山，陶醉於美景而忘記了回家的路。大家的遊興滿足了，趁著夜色掉轉船頭，不小心划進了荷花深處。怎麼出去呢？怎麼出去呢？大家討論的聲音，驚飛了滿灘的水鳥。

〈漱（ㄕㄨㄟ）玉詞〉

　　〈漱玉詞〉是李清照的詞集。李清照早年生活安定優裕（ㄩˋ），詞作多寫相思之情；南渡之後，她遭遇家國巨變，詞作多感慨身世飄零。與詞作不同，李清照的詩文感時詠史，體現了她性格中堅毅的一面，展現了她卓爾不群的政治眼光。

〈詞論〉

詞又名曲子詞、長短句,是可以配上音樂唱出來的。所以,宋詞其實就是宋代的流行歌曲。李清照為詞專門寫過一篇文章——〈詞論〉,她提出詞「別是一家」的理論,詳細論述詞和詩的區別,強調詞和詞牌所對應的曲調演唱的重要性,敘述詞的源流演變,從詞的本體論出發,進一步確立了詞體獨立的文學地位。

清照園

　　今天的遊學打卡點是位於山東省濟南市章丘區的李清照紀念館——清照園。那裡南傍百脈泉，東倚繡江河，是個風景優美的好地方。

　　走進紀念館，映入眼簾的便是一座栩（ㄒㄩˇ）栩如生的李清照銅像，向我們展示著她「一代詞宗」的絕世風采。一首鑴（ㄐㄩㄢ）刻於水榭（ㄒㄧㄝˋ）屏風上的名篇〈聲聲慢〉，彷彿讓我們置身於那個風雨飄搖的動盪年代。

濟南李清照紀念堂

逛完了典雅莊重的清照園，接下來就讓我們來到趵（ㄅㄠˋ）突泉公園，參觀另外一座李清照紀念堂吧！

別看這座李清照紀念堂始建於1959年，距今只有短短六十餘年的歲月，但裡面的仿宋建築卻讓我們一走進去便能感受到撲面而來的古典氣息，堂內陳列著李清照的塑像、各版本著作以及後世名家的詩詞、題字等，展品豐富，值得駐足品味。

李清照
有人說我生錯了時代，我想了想，確實是這樣：同時代的人說我是壞女人，後世的人覺得我是酷女孩。我也覺得我是酷女孩。

10分鐘前

♡ 李格非、王氏、閨（《ㄨㄟ）密甲、閨密乙、閨密丙

趙明誠：是是是，你最酷。我得了一幅白樂天的字，馬上到家。

閨密甲：三缺一，就差你了。

閨密乙回覆閨密甲：你怎麼還叫她來，上次輸得還不夠慘嗎？

閨密丙回覆閨密乙：就是，咱仨的零食全輸給她了！

李清照回覆趙明誠：你怎麼還沒回來，我等得花兒都謝了。

李清照：姐妹們，稍安毋躁，晚一點兒我教你們怎麼玩飛花令。

張汝舟：有錢和姐妹玩，沒錢給我花是吧？

李清照回覆張汝舟：我們已經離婚了，你趕緊從我的好友中消失！

吾乃詞壇飛將軍！

辛棄疾

（1140—1207）

字幼安，別號稼軒（ㄐㄧㄚˋ ㄒㄩㄢ）
居士，歷城（今山東濟南）人。
南宋文學家，超硬派的豪放派詞
人，文武雙全的愛國志士，武力
值爆表的文豪，人送外號「詞中
之龍」與「詞壇飛將軍」。

南宋是華夏公認歷史上戰鬥力很弱的一個朝代，
一直被北方的金朝欺負。

金（1115—1234）是由女真首領完顏阿骨打建立的政權，1127年滅北宋，並長期統治中國北方地區，與南宋對峙，後在成吉思汗建立的蒙古政權和南宋的聯合進攻下滅亡。

別跑！

救命啊！

南宋（1127—1279）是北宋滅亡後由宋高宗趙構建立的政權，建都臨安（今浙江杭州），後被元朝所滅。

南宋的膽小皇帝宋高宗被打怕了，
把華夏北部地盤送給了金朝。

宋高宗趙構（1107—1187）即位，成為南宋第一位皇帝，在位期間與金簽訂了「紹興和議」。北宋滅亡後

哈哈哈！

別打了，北邊都給你們。

宋高宗

就是在這樣一個統治者軟弱無能的時代，
卻出了一位武力值爆表的硬派文豪——辛棄疾！

辛棄疾生在金朝的濟南府，據史料記載，
他長得「紅頰青眼，壯健如虎」，怎麼看都不像個文化熊。

但就是這樣一個做猛將的材料，
讀起書來卻出類拔萃，妥妥的文武雙全！

而且，和一般熊貓讀書練武的目的不同，
辛棄疾有著更崇高的目標，那就是收復河山！

辛棄疾的家鄉被金軍占領了，
爺爺辛贊雖然被迫在金朝做官，但對金朝的統治十分不滿。

我不服！我想和金軍打一架。

辛棄疾小的時候，爺爺帶著他登高望遠，勘測地形，
為以後和金軍對抗做準備。

這裡比較適合打埋伏戰！

記住了！

辛棄疾在〈美芹十論〉中寫到祖父辛贊曾帶他「登高望遠，指畫山河」。

辛棄疾少年時，也曾藉著趕考的名義，
兩次到金朝控制的燕山地區實地考察，蒐集情報。

> 先畫好地圖，
> 以後打仗就靠它了。

燕山是位於河北北部的山脈，自古就是兵家必爭之地，金朝的中都也位於這個地區。

辛棄疾苦苦等待的機會終於來了。
金國又一次起兵攻打南宋，
一直被欺負的北方百姓趁機揭竿而起。

不要怕！

衝啊！

團結起來！

翻身做主！

辛棄疾果斷召集家鄉父老，
聚集了一支兩千多熊貓的隊伍，
投奔當時聲勢最大的義軍首領耿京。

耿京（—1162），南宋抗金義軍首領。

有個義端和尚是辛棄疾的朋友，當時也帶著一千多熊貓起義，
辛棄疾就把義端也拉進了耿京的隊伍。

然而這個義端一肚子花花腸子，竟然偷了耿京的帥印跑了。
耿京大怒，要殺了辛棄疾這個介紹熊。

你朋友偷了帥印，
你也死有餘辜（ㄍㄨ）。

給我三天時間，
我把他抓回來！

辛棄疾當場立下軍令狀，動身去抓義端，
他猜測義端會投奔金軍，便奮力直追，果然抓到了義端。

義端曰：「我識君真相，乃青兕也。
力能殺人，辛勿殺我。」
——〈宋史·辛棄疾傳〉

我看到你的
真身是青犀牛了，
別殺我！

拿命來！

解讀

義端說：「我知道你的真身是青色的犀牛，有殺人的力量，請不要殺我。」

辛棄疾直接砍了義端的腦袋帶回去，
耿京非常欣賞辛棄疾這種行事作風，對他委以重任。

耿京派辛棄疾去和宋高宗談判，
辛棄疾順利獲得了南宋朝廷的任命。

然而在回營的路上，辛棄疾聽說老家被攻擊，
耿京被叛徒張安國殺害，義軍也因為失去首領潰散了。

辛棄疾怒了，老大被殺怎能不報仇？
他帶著五十個勇士，闖入駐有五萬兵馬的金軍營地。

一番血戰之後，
辛棄疾活捉了張安國，平安離去，金軍也追不上他。

解讀

（辛棄疾）赤手空拳率領五十人馬將叛賊從五萬敵軍中活捉，就像逮住兔子一樣容易。

赤手領五十騎，縛取於五萬眾中，如挾狡兔。
——〈稼軒記〉

辛棄疾把張安國押回南宋斬首，告祭了耿京的亡魂。
那時的辛棄疾，只有二十出頭。

辛棄疾一戰封神，一時威名傳遍南宋各地，
剛剛繼位的宋孝宗更是直呼厲害，給他加封官職。

此時的辛棄疾熱情高漲，想要一鼓作氣收復河山。
他寫下軍事論文〈美芹十論〉和〈九議〉，
認真分析應該如何和金軍打仗。

〈美芹十論〉的「美芹」源自「獻芹」的典故，指身份地位較低的人向高位者提出自己的建議，是一種自謙的說法。

但是，南宋君臣大多不支持北伐，
辛棄疾作為「歸正熊貓」，總是受到本地官員的排擠。

於是，辛棄疾成了「救火隊員」，
不斷被派往各地處理各種雜事、難事。

然而，辛棄疾就是這麼厲害，無論到哪兒都能威震一方。
他只花半年就讓滁（ㄔㄨˊ）州恢復正常運作，三個月搞定江西，
還創立了一支飛虎軍保護百姓。

「飛虎軍」是辛棄疾創立的軍隊，用來抵禦當時江西、湖南一帶的盜賊。

這也太厲害了！

這就是低調地炫耀嗎？

湖南

安徽

江西

我不想出名，但是實力不允許啊！

雖然辛棄疾威名赫赫，卻沒機會上戰場抗擊金軍，
大好的壯年時光就這麼被蹉跎（ㄘㄨㄛ ㄊㄨㄛˊ）了。

我和這把劍一樣，都生鏽了……

誰讓我們太鋒芒畢露了。

而且，由於在各地認真做，
辛棄疾得罪了不少權貴，四十一歲就被彈劾罷官閒置。

誰知這反而造就了一位絕世文豪。
不能縱橫沙場，那就在詞壇上開疆拓土！
從此，華夏文學史上多了一位「詞壇飛將軍」。

解讀

詞發展到辛棄疾這裡，氣勢縱橫，意境博大，情感抒發痛快淋漓，筆墨文采就像風雨一樣紛飛，像魚龍一樣變化無窮，他真是詞壇的「飛將軍」啊！

詞至稼軒，縱橫博大，痛快淋漓，風雨紛飛，魚龍百變，真詞壇飛將軍也。
——陳廷焯《雲韶集》

辛棄疾詞風多變，能寫出豪氣干雲、
讓熊貓們熱血沸騰的詞句，表達自己建功立業的雄心。

詞句出自〈永遇樂・京口北固亭懷古〉。

大人威武！

想當年，金戈鐵馬，氣吞萬里如虎。

解讀

想起當年在戰場上，騎著配有鐵甲的戰馬，揮舞長戈，如猛虎一般氣吞山河。

他也能深入百姓生活，
寫出鄉村風光和熊情冷暖。

茅簷低小，溪上青青草。醉裡吳音相媚好，白髮誰家翁媼？

——辛棄疾〈清平樂・村居〉

解讀

茅草房屋簷低小，溪邊長滿青草。含有醉意的吳地方言，溫柔又美好，滿頭白髮的老頭老太太，是誰家的老人呀？

然而，在辛棄疾的內心深處，
依然充滿了報國無門、壯志難酬（ㄔㄡˊ）的悲憤。

解讀
拿出寶劍看了又看，藉著拍打欄杆抒發不能上戰場的苦悶，自己空有收復河山的抱負，卻沒有人理解。

不能上戰場殺敵報國，真是氣死我了！

你手不痛嗎？

把吳鉤看了，欄杆拍遍，無人會、登臨意！

啪啪啪

詞句出自辛棄疾的〈水龍吟‧登建康賞心亭〉。

時光易逝，
二十多年過去，辛棄疾已經垂垂老矣（ㄧˇ）。

我怎麼可以有白頭髮！

了卻君王天下事，贏得生前身後名。可憐白髮生！

偏偏在這時候，朝廷彷彿聽到了他的心聲，
突然任命已經六十多歲的辛棄疾防守北線要地。

接到任命後的辛棄疾寫下「憑誰問，廉頗老矣，尚能飯否？」的詞句，表達自己雖然年事已高，但仍渴望建功立業的決心。

你可以嗎？

我可以！
我還能吃掉好幾碗飯！

然而辛棄疾沒想到，朝廷只是要借他的旗號，
根本不肯聽他的意見，他又一次滿懷失望地離開了。

你們覺得我好欺負？

這麼大一口鍋
也敢砸過來？

這個黑鍋你來背。

幾年後，當北伐的軍隊節節敗退時，朝廷終於想起辛棄疾，
可此時的他已經重病臥床，再也無力起身。

這一年，辛棄疾與世長辭，享年六十八歲。
臨終前，他還高喊著「殺敵！殺敵！」

辛棄疾帶著壯志難酬的遺憾走完了豪邁的一生，
在詞壇留下了不朽的身影。

辛棄疾的詞，突破了兒女情長的傳統套路，
充滿了英雄豪情和愛國熱情，
為華夏詞壇注入了一股獨特的英雄氣概。

因此，後世稱他是「詞中之龍」，和蘇軾並稱「蘇辛」，
他們都是豪放派的代表詞熊。

辛棄疾是宋代留下作品最多的詞人，總共創作了六百多首，且題材豐富，風格多樣。這裡我們選取了兩首非常有名的詞。

醜奴兒‧書博山道中壁

少年不識愁滋味，愛上層樓。

愛上層樓，為賦新詞強說愁。

而今識盡愁滋味，欲說還休。

欲說還休，卻道天涼好個秋。

譯文： 年輕時不知道憂愁的滋味，喜歡登上高樓遠眺（ㄊㄧㄠˋ）。喜歡登上高樓遠眺，為寫一首新詞，沒有憂愁也勉強說著愁。

現在嘗盡了憂愁的滋味，想說出憂愁卻又無話可說。想說卻又無話可說，只能說一句：「好一個涼爽的秋天啊！」

好一個涼爽的秋天啊！

破陣子・為陳同甫賦壯詞以寄之

醉裡挑燈看劍，夢回吹角連營。八百里分麾下炙（ㄓㄟˋ），**五十弦翻塞外聲，沙場秋點兵。馬作的盧（ㄅㄧˋ ㄌㄨˊ）飛快，弓如霹靂弦驚。了卻君王天下事，贏得生前身後名。可憐白髮生！**

譯文：醉酒時挑亮油燈欣賞寶劍，夢中回到了號角聲接連不斷的軍營。把牛肉烤好分給部下，讓軍中的樂器奏起粗獷（ㄍㄨㄤˇ）的戰歌，秋天在沙場上閱兵。

戰馬像名馬的盧一樣跑得飛快，弓箭離弦時像驚雷一樣震耳欲聾。我一心想替君王完成收復失地的大業，為自己身後留下美名。可惜我已頭髮斑白！

寶劍啊，你已經跟了我二十年了！

豪放派

豪放派是形成於宋代的詞風流派，通常和婉約派相對。

豪放派詞作的風格特點是創作視野廣闊，氣象恢宏，豪邁放縱，用典較多，不恪（ㄎㄜˋ）守音律。北宋的蘇軾和南宋的辛棄疾是豪放派的兩大代表。北宋的豪放詞，主要體現詞人在壓抑的政治環境中尋求心靈解放的情感表達；而南宋的豪放詞，則將詞人的個體命運與家國命運緊密結合，進一步拓展了詞的表現境界，提升了詞在文學史上的地位。

你看我帥嗎？

〈稼軒長短句〉

　　〈稼軒長短句〉是辛棄疾的作品集，「稼軒」取自辛棄疾的號。作品集共收錄辛棄疾的詞六百多首。辛棄疾的詞繼承了蘇軾的豪放詞風，並在內容和藝術上進一步開拓了詞的意境。雖然辛詞大多以豪放為主，但也有不少清麗明快、婉約細膩之作。辛棄疾還擅長運用典故和比興的手法，委婉曲折地表達情感，如「更能消、幾番風雨，匆匆春又歸去。惜春長怕花開早，何況落紅無數」，表面上描寫觸景傷春，美人遲暮，實則是抒發自己壯志難酬的憤慨和對國家命運的關切。

荷花開了，
讓我作詞一首……

辛棄疾故居

今天帶大家去山東省濟南市歷城區探訪辛棄疾的故居。

穿過「辛棄疾故居」石坊和一座六角亭,可以看到一尊雄偉的辛棄疾塑像,頭戴儒巾,身披戰袍,腰間佩著一把寶劍,一個頂天立地、意氣風發的英雄形象就這樣展現在我們的面前。瞻(ㄓㄢ)仰完塑像,我們可以去展室看看與辛棄疾有關的名家書畫作品,也可以去遊覽鉛山瓢泉、帶湖植亭等景點,感受辛棄疾的生活軌跡。

辛棄疾故居也是歷城區的愛國主義教育基地,當地經常組織青少年愛國教育活動,每年都有學生到這裡吟詠詩歌,緬懷先人,傳承愛國精神。

辛棄疾
今日登高，得了兩句好詞：我見青山多嫵（ㄨˇ）媚，料青山見我應如是。

10 分鐘前

♡ 陳亮、陸游、朱熹、劉克莊、劉辰翁

陳亮：看你高興的，改天去你的別墅找你玩。

辛棄疾回覆陳亮：上次鵝湖一別，甚是想念。

党懷英：哥們，好久不見，你還是這麼自戀。

辛棄疾回覆党懷英：我這是自信！

陸游：你本應該去戰場殺敵的，在這裡寫詞真是大材小用。

辛棄疾回覆陸游：唉，別提我的傷心事了……

朱熹：有空一起去登武夷山吧，那裡也很美的。

辛棄疾回覆朱熹：走啊走啊！

劉克莊：你的豪放詞有橫掃一切的氣勢，沒想到你的婉約詞也這麼絕，不輸給晏幾道和秦觀。

辛棄疾回覆劉克莊：你拿老夫跟兩個手無縛（ㄈㄨˊ）雞之力的書生比？